日本の詩

あい

遠藤豊吉 編・著

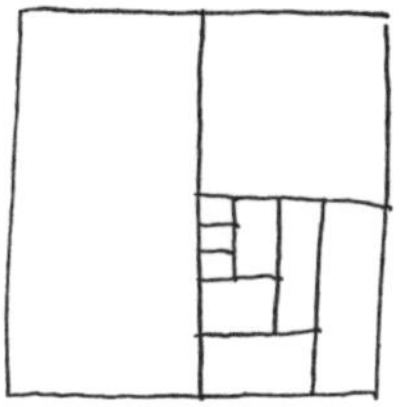

小峰書店

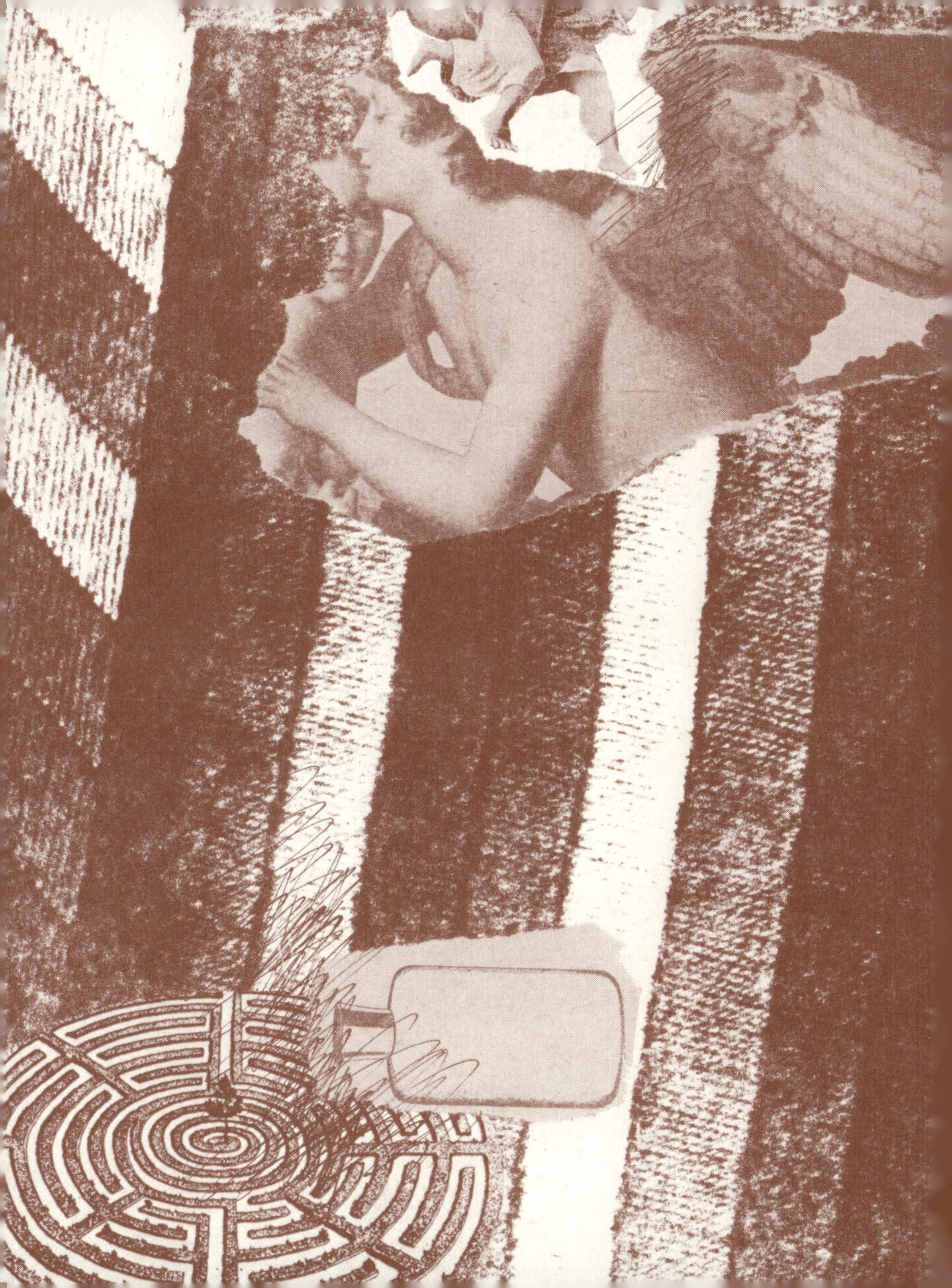

愛について、多くの詩人がうたっている。愛とは、いったい何なのか。詩人たちは、その生命のありったけを燃焼《ねんしょう》させて、愛を追う。

わたしのだいすきな詩人たちの、わたしのだいすきな詩を、ここに編《あ》んでみた。そして、たいへんわがままな作業であるが、その詩とわたしが、どうぶつかったか。そのぶつかりのときに生じた炎《ほのお》が、わたしの人生における何を照らし出したか。照らし出された、いわばわたしにおける愛のかたちを、小さな文章にしてそえてみた。

遠藤豊吉

日本の詩＝1

あい

レモン哀歌《あいか》

そんなにもあなたはレモンを待ってゐ《（い）》た
かなしく白くあかるい死の床で
わたしの手からとった一つのレモンを
あなたのきれいな歯ががりりと嚙《か》んだ
トパアズいろの香気《こうき》が立つ
その数滴《すうてき》の天のものなるレモンの汁は
ぱっとあなたの意識を正常にした
あなたの青く澄《す》んだ眼がかすかに笑ふ《（う）》
わたしの手を握《にぎ》るあなたの力の健康さよ
あなたの咽喉《のど》に嵐《あらし》はあるが

かう《（こ）》いふ《（う）》命の瀬戸ぎは《（わ）》に
智恵子《ちえこ》はもとの智恵子となり
生涯《しょうがい》の愛を一瞬《いっしゅん》にかたむけた
それからひと時
昔山巓《さんてん》でしたやう《（よ）》な深呼吸を一つして
あなたの機関はそれなり止まった
写真の前に挿《さ》した桜の花かげに
すずしく光るレモンを今日も置かう《（こ）》

高村　光太郎（たかむら　こうたろう）一八八三～一九五六
「智恵子抄」より。著書「高村光太郎全集」詩集「道程」他

わたしを生んだ母は、わたしが小学校三年生になった年の冬、死んだ。一九三三年、数え年で三十四歳《さい》だった。ちょっとしたひっかき傷《きず》がもとで中耳炎《ちゅうじえん》になったのが、町医者の手ちがいで大事になった。内耳《ないじ》が化膿《かのう》し、もう町医者の手にはおえないことがわかって、ようやく福島の病院に運びこまれたのだ

が、そのときはすでに脳《のう》が病菌《びょうきん》におかされていた。

　十一月の下旬、最後の望みをかけて、側頭部《そくとうぶ》の骨をけずる手術を受けたのだったが、病状は悪化する一方だった。そして、十二月二日の未明《みめい》、ぼた雪の降りしきる北国の寒さのなかで、母は死んだ。

　父は危篤《きとく》の知らせを受けるその日まで、働きずくめ働き、ほとんど母の病床《びょうしょう》をおとずれることがなかった。冷酷《れいこく》な男、となじるものも母方の親戚《しんせき》にはいた。しかし、貧《まず》しさとたたかいつづける父には、勤めを休むゆとりがなかったのである。死に目には、ようやく会えた。「苦しかったろうな」とひとこと言って、父は静かに泣《な》いた、という。

　心の底でははげしく愛していても、そんな形でしか愛を表現できぬ人間が、この世にはたくさんいるのだということを、わたしは九歳なりの心で知ったのだ。

朝になると

朝になると
いってくるわと云《い》って
樹々《きぎ》のしげみの中にかくれてゆく菜穂子《なおこ》は
髪《かみ》の毛もまだ短くて二本の固い三ッ組にあみ
小鳥のように見えなくなる
汽車にのって学校へいくために
早くかるくふんでいく足は
れんげやきんぽうげの花の上を
出来たての風のようにたのしげにいくだろう
つめたい朝の空気に

とおいとおい見えない空のふかさが
その上に燃えているだろう

矢のゆくえを見守る人のように私は
もう何も見えないものを聴《き》き知ろうとして
いつまでもうすあおい枝々のかげに
前掛《まえかけ》で手をふきながら
たたずみみつめているのだ

永瀬　清子（ながせ　きよこ）一九〇六〜一九九五
「薔薇詩集」より。詩集「焔について」「大いなる樹木」他

親というものは、子どもの目から見ると、じつにふしぎな存在《そんざい》で、心のなかにいつでも矛盾《むじゅん》の渦《うず》をかかえこんでいる。たとえば、こんなふうにである。幼児を見つめる親の目は、つねに美しいものだけれども、その美しさのなかには、わが子がいつまでもかわいい幼児のままでいてほしい、という願望《がんぼう》がひ

そんでいる。ところが、その願望とまったく共存《きょうぞん》する形で、わが子が早くおとなになってほしい、という気持ちが同じ心のなかにある。いつまでも自分の解釈《かいしゃく》がゆきとどくところにいてほしいという願望と早く一人前の人間として自立《じりつ》してほしいという願望の共存。親というものは、いつまでも、そしてどこまでも、この矛盾の渦を深くかかえこんで生き、そして命絶える。

　わたしが二十九歳《さい》のとき、わたしの父は六十歳だった。ある日、わたしはトタン屋根の上にあがってさびどめのペンキをぬっていた。六十歳の父は、屋根にのっているわたしのことが心配で、作業をやっているあいだじゅう、家のまわりをうろうろしていた。「だいじょうぶだから、家のなかにはいっていなよ」と言っても、父は聞きいれなかった。そして、ときどきわたしにむかって声をかけた。「あぶないところは残しておけよ。あとでオレがやるから」

ふゆのさくら

おとことおんなが
われなべにとじぶたしきにむすばれて
つぎのひからはやぬかみそくさく
なっていくのはいやなのです
あなたがしゅろうのかねであるなら
わたくしはそのひびきでありたい
あなたがうたのひとふしであるなら
わたくしはそのついくでありたい
あなたがいっこのれもんであるなら
わたくしはかがみのなかのれもん

そのようにあなたとしずかにむかいあいたい
たましいのせかいでは
わたくしもあなたもえいえんのわらべで
そうしたおままごともゆるされてあるでしょう
しめったふとんのにおいのする
まぶたのようにおもたくひさしのたれさがる
ひとつやねのしたにすめないからといって
なにをかなしむひつようがありましょう
ごらんなさいだいりびなのように
わたくしたちがならんですわったござのうえ
そこだけあかるくくれなずんで
たえまなくさくらのはなびらがちりかかる

新川 和江（しんかわ かずえ）一九二九～
「比喩でなく」より。詩集「つるのアケビの日記」他

わたしが新制（六・三制）になったばかりの福島県D中学校に勤めて二年目の春、I子が入学してきた。峠《とうげ》のむこうにある小さな盆地《ぼんち》の集落から通ってくる彼女《かのじょ》は、笑うとかわいいえくぼができる、すなおで仕事ずきの子だった。

二年生になった夏のある日、朝からはげしい雨がふっていた。生徒たちが帰校した夕方近く、電話がなった。その、駐在所《ちゅうざいしょ》からの電話を聞きながら、わたしは棒立《ぼうだ》ちになって声を失った。I子が雷《かみなり》にうたれて死んだ、というのである。「こうもりがさをさしたまま、家の前の小川でドロ靴《ぐつ》を洗っていたところへ、いきなり真上から……」駐在さんのことばに、わたしの心はくだけた。「ひどい！」

あまりにもひどい別離《べつり》だった。

あれからもう三十年。雷鳴《らいめい》を聞くと、わたしはI子を思い出す。わたしのまえに出てくるI子は、いつも十三歳《さい》の童女《どうじょ》。「痛《いた》かったろう」と言うと「うん」とすなおにうなずいて「とても痛かったよお。先生」と、そこだけぽっかりと陽《ひ》のあたっている峠の道をかけおりてくるのだ。

少年と少女

自分は見た
二人の少年少女が
きっと家が近所同士の友達だ
実に楽しさ《(そ)》うに語り合ひ《(い)》ながら
繁った草を分けて
海べの原を通った
私は思は《(わ)》ずふりかへ《(え)》って見た
その少年と少女の上に
神は祝福《しゅくふく》と微笑《びしょう》を垂《た》れ給《たも》ふ《(う)》だら《(ろ)》う
父親や兄が厳《きび》しく叱《しか》っても

二人はいま人目を離れて
自由の天地で
二人の未来を語り合ひつゝ
泣いたり楽しんだりしてゐ《(い)》る
二人は幸福だ
誰に憚《はばか》るところなく
愛し合へ《(え)》る二人だ
まるで二人は精霊と精霊が
睦《むつ》み合ひ親しみ合ってゐるや《(よ)》うに
此《この》世のものでなく美しかった
不思議なものに会ったやうに
私は海の方へゆく二人を見送った
その美しさ
無《む》邪気《じゃき》な楽しさが溢《あふ》れてゐる

私は心の清まるのを覚《おぼ》え、涙ぐんで歩いた
その二人は私の憧《あこが》れてるものを
残らず反射して見せてくれた
愛——何といふ(う)尊い関係だ。
私は元気になって涙ぐんで歩いた

千家元麿（せんげ　もとまろ）一八八八〜一九四八
「真夏の星」より。詩集「自分は見た」「虹」「夏草」他

わたしが生まれ育ったところは、東北地方の、小さく静かな城下町《じょうかまち》だった。その城下町には「男女七歳《さい》にして、席を同じうせず」というおきてが生きていたのかもしれなかった。

小学校は、男の子の学校と、女の子の学校と、はっきりわかれていた。学校がひけたあとも、男の子と女の子は遊ばなかった。もし、町の角や家の軒《のき》ばたで、男の子と女の子がしゃべっていたりすると、みんなにやじられ、ひやかされた。男の子は「男の風上《かざかみ》におけない」といわれ、女の子は「ふしだらむすめになるぞ」といわれたものだった。

だから、わたしには、女の子のおさな友だちは、ひとりもいない。いや、おさな友だちといえるかどうか、わからないけれども、たった、ひとりだけ、口をきいた女の子がいた。

わたしより二歳年上のその子は、かけ足が非常に速く、陸上競技会には、いつも選手になって、はれがましく走った。だが、その女の子は、小学校を出ると、しばらくして病気になり、かけ足のような速さで、死んでいった。

わたしはかなしかった。しかし、それが愛の気持ちだったかどうか、わたしには、いまもわからない。

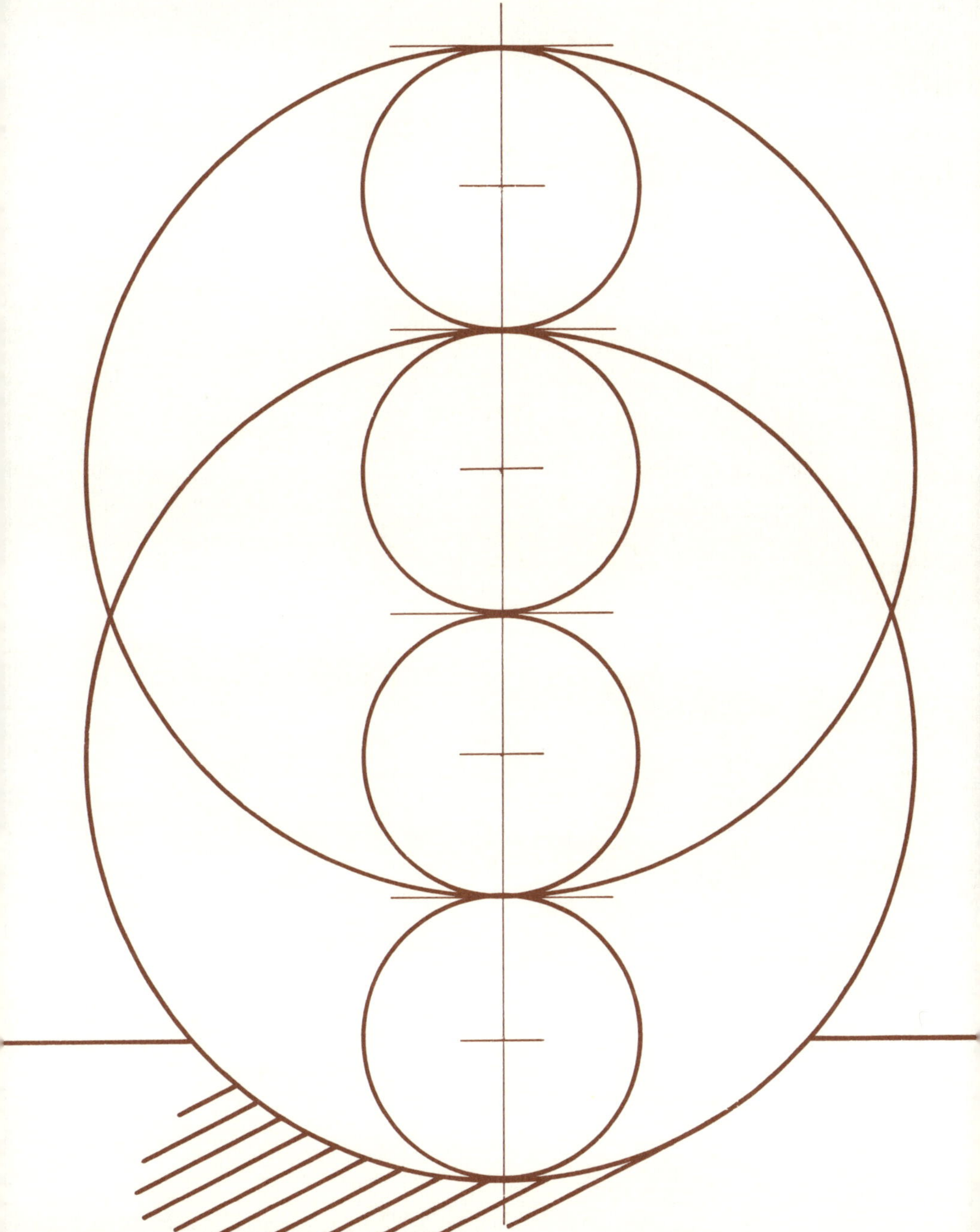

くりかえす

くりかえしてこんなにもくりかえしくりかえして　こん
なにこんなにくりかえしくりかえしくりかえして　くり
かえしくりかえしつづけてこんなにもくりかえしてくり
かえし　いくたびくりかえせばいいのかくりかえす言葉
は死んでくりかえすものだけがくりかえし残るくりかえ
し　そのくりかえしのくりかえしをくりかえすたび　陽《ひ》
はのぼり陽は沈みそのくりかえしにくりかえす日々　く
りかえし米を煮《に》てくりかえしむかえるその朝のくりかえ
しにいつか夜のくるこのくりかえしよ
云《い》うな云うなさよならとは！

別れの幸せは誰のものでもない
私たちはくりかえす他はないくりかえしくりかえし夢み
あいくりかえし抱《だ》きあってくりかえしくるよだれよ
もう会えないことをくりかえし
いつまでも会うくりかえし会わないくりかえしの樹々に
風は吹き
今日くりかえす私たちの絶えない咳《せき》と鍋《なべ》に水を汲む音
おお明日よ明日よ
何とおまえは遠いのだ

谷川　俊太郎（たにかわ　しゅんたろう）一九三一〜
「あなたに」より。詩集「谷川俊太郎詩集」「うつむく青年」

人間を愛し、だいじにするということは、貧《まず》しかろうとなんであろうと、きょうの日をせいいっぱい生きている人間の心や、その生きかたを愛し、だいじにするということではないだろうか。
せいいっぱい生きようとして、心を燃《も》やし、からだを動かす。そこから喜びがはじけ、ときにはかなしみがこぼれる。せいいっぱい生きようとして、心を燃やし、からだを動かす。すると、他の人間とぶつかるようなことが、かならずおこり、それは、ときにはにくしみやうらみを生みだすことがある。胸のうちをやくような思い。だが、人間はちえを出しあって、ぶつかったときに生じた、心やからだのいたみをいやし、にくしみやうらみを愛に転化《てんか》する。だからわたしたちは、人間を愛したくなるのだ。

　きょうの日を、むかしの人もはるかむかしからそうやってきたように、せいいっぱい生きて、そして明日をのぞむ。それが人間の、人間にしかできないわざなんだけれども、いまは、それがゆったりとできない時代なのじゃないだろうか。

もはやそれ以上

もはやそれ以上何を失は《（お）》うと
僕には失ふ《（う）》ものとてはなかったのだ
河に舞ひ《（い）》落ちた一枚の木の葉のや《（よ）》うに
流れてゆくばかりであった

かつて僕は死の海をゆく船上で
ぼんやり空を眺《なが》めてゐ《（い）》たことがある
熱帯の島で狂死《きょうし》した友人の枕辺《まくらべ》に
じっと坐《すわ》ってゐたことがある

今は今で
たとへ《(え)》白いビルディングの窓から
インフレの町を見下ろしてゐるにしても
そこにどんなちがった運命があることか

運命は
屋上から身を投げる少女のやうに
僕の頭上に
落ちてきたのである

もんどりうって
死にもしないで
一体だれが僕を起してくれたのか
少女よ

そのとき
あなたがささやいたのだ
失ふ《（う）》ものを
私があなたに差上げると

黒田 三郎（くろだ さぶろう）一九一九〜一九八〇
「ひとりの女へ」より。詩集「定本黒田三郎詩集」他

わたしのすぐ下の弟はマレー半島のクアラルンプールで敗戦《はいせん》をむかえ、そのまま、二年近くも収容所《しゅうようしょ》生活を送った。一九四七年に帰国したが、土色の皮《ひ》膚《ふ》、十銭銅貨《せんどうか》大の黒いしみがいくつもある顔を見てわたしはマラリアかデング熱にやられたと思った。

思ったとおり、かれは月に二、三度はげしい発作《ほっさ》におそわれた。「寒い、寒い」と唇《くちびる》をがたがたふるわせているうちに、いきなり高熱がおそい、のたうち回る。けもののようにうめくそのさまは、地獄《じごく》の亡者《もうじゃ》さながらだった。一時間ほどで発作はおさまるのだが、するとかれは、もうろうとした意識《いしき》のなかで、「死んだ○○を、死んだ××を、どうしたらいいんだ」といった。かれの戦後はまだだった。

ときとして　私たちは……

ときとして　私たちはみつめないだろうか
かつて鹿《しか》であったように　野原を
魚であったように　海の色を　そして
小鳥であったように　空のはるけさを

そんなとき　私たちは知るのだ　私たちの心に
あてもなく希望が　さだめられた相手もなく別離《べつり》が
なにものもまじえずに　ただそれだけが始めから住みつ
いて　いたのだ　と

だが　いつも浅はかに　人はその希望のためにめあてを
別離のために　相手をさがし求める
――そのために人は　すべてを失う……そして
不安定なふたつの足で　街角《まちかど》を曲《まが》りつづけるのだ

伊藤　海彦（いとう　うみひこ）一九二五～一九九五
「黒い微笑」より。詩劇集「夜が生まれるとき」他

一九六五年。わたしは東京杉並区《すぎなみく》のある中学校で国語教師《きょうし》をやっていた。三年生の教室にY子という目のとても美しい生徒がいた。彼女《かのじょ》は、子どものころ、脊髄《せきずい》カリエスをわずらったため、中学校入学がふつうの子よりもおくれ、三年生を卒業するときは、二十歳《はたち》近かった。詩のすきな子で、ひっそりと詩を書きつづけ、そして十五歳の子どもたちといっしょに卒業していった。

　中学卒業後、彼女は寝《ね》たり起きたりの日を重ねながら、ある私立高校に通った。しかし、病気がなおりきっていなかった彼女は、四年たってもそこを卒業できなかった。そんな起き伏《お》《ふ》しのなかでも、しかし詩だけは作りつづけ、そして、気にいった作品が

あると、ときおり電話でわたしに伝えてよこした。いい詩を作るようになっていた。

「ひるがえることを　しらずに／一点にもえる　かなしみ／あおく　しろく　そして透明《とうめい》に／ひろがることを　拒絶《きょぜつ》して／一点にもえ　もえつづける　かなしみ／おごりをやめ　たかぶりをころし／ひそかに　一点に／しかし／それによって／にんげんであることを　感じ／にんげんであることに　耐《た》える／わたし」

　ある夜、そんな詩を電話でおくってき、そして、一週間後、彼女は、死んだ。

　この別離《べつり》も、わたしにはひどく残酷《ざんこく》なものだった。

ぐりまの死

ぐりまは子供に釣《つ》られてたたきつけられて死んだ
取りのこされたるりだは
菫《すみれ》の花をとって
ぐりまの口にさした

半日もそばにゐ《（い）》たので苦しくなって水に這入《はい》った
顔を泥にうづめてゐ《（い）》ると
くゎ《（か）》んらくの声々が腹にしびれる
泪《なみだ》が噴上《ふきあげ》のや《（よ）》うに喉《のど》にこたへ《（え）》る

菫《すみれ》をくは《(わ)》えたまんま
菫もぐりまも
カンカン夏の陽《ひ》にひからびていった

草野　心平（くさの　しんぺい）一九〇三～一九八八
「第百階級」より。詩集「草野心平詩全景」「蛙」他

二十歳《さい》近い年齢で中学を卒業し、二十四歳になってまだ高校を終えることのできなかったY子。休み時間、他の子をさけるように、遠慮《えんりょ》がちに近寄ってきて、そっと大学ノートを出し「ゆうべ作った詩なんですけど、読んでください」と静かな声で言い、「詩ができたら、また持ってきていいでしょうか」と、美しい目をふせて、そっとたずねたY子。

「ひるがえることを　しらずに／一点にもえる　かなしみ……」という詩を、電話のかなたから送ってきたとき、わたしは彼女《かのじょ》のすんだ声に生命の音を聞き、そして、一瞬《いっしゅん》、不吉《ふきつ》な予感におののいた。

やがて、母親から便りがとどいた。「あの子は、少しも苦しまずに、静かに息をひきとりました。先生に見ていただくのだといって詩を書きつけておいた大学ノート十冊、お棺《かん》の中に入れてやりました」

しずかな夫婦

結婚よりも私は「夫婦」が好きだった。
とくにしずかな夫婦が好きだった。
結婚をひとまたぎして直《す》ぐ
しずかな夫婦になれぬものかと思っていた。
おせっかいで心のあたたかな人がいて
私に結婚しろといった。
キモノの裾《すそ》をパッパッと勇敢《ゆうかん》に蹴《け》って歩く娘を連れて
ある日突然やってきた。
昼めし代りにした東京ポテトの残りを新聞紙の上に置き
昨日入れたままの番茶にあわてて湯を注《つ》いだ。

下宿の鼻垂《た》れ息子《むすこ》が窓から顔を出し
お見合だ　お見合だ　とはやして逃げた。
それから遠い電車道まで
初めての娘と私は　ふわふわ歩いた。
——ニシンそばでもたべませんか　と私は云《い》った。
——ニシンはきらいです　と娘は答えた。
そして私たちは結婚した。
おお　そしていちばん感動したのは
いつもあの暗い部屋に私の帰ってくるころ
ポッと電灯の点《つ》いていることだった——
戦争がはじまっていた。
祇園《ぎおん》まつりの囃子《はやし》がかすかに流れてくる晩
子供がうまれた。
次の子供がよだれを垂《た》らしながらはい出したころ

徴用《ちようよう》にとられた。便所で泣いた。
子供たちが手をかえ品をかえ病気をした。
ひもじさで口喧嘩《くちげんか》も出来ず
女房《にようぼう》はいびきをたててねた。
戦争は終った。
転々と職業をかえた
ひもじさはつづいた。貯金はつかい果した。
いつでも私たちはしずかな夫婦ではなかった。
貧乏と病気は律気《りちぎ》な奴《やつ》で
年中私たちにへばりついてきた。
にもかかわらず
貧乏と病気が仲良く手助けして
私たちをにぎやかなそして相性でない夫婦にした。
子供たちは大きくなり（何をたべて育ったやら）

思い思いに　デモクラチックに
遠くへ行ってしまった。
どこからか赤いチャンチャンコを呉《く》れる年になって
夫婦はやっともとの二人になった。
三十年前夢見たしずかな夫婦ができ上がった。
──久しぶりに街《まち》へ出て　と私は云《い》った。
　ニシンソバでも喰《く》ってこようか。
──ニシンは嫌《きら》いです。と
私の古い女房は答えた。

天野忠（あまの　ただし）一九〇九〜一九九三
「昨日のながめ」より。詩集「天野忠詩集」他

　男は女に対して、女は男に対して、それぞれに美しい幻《まぼろし》をえがきあう、そんな年齢《ねんれい》にあるきみたちに向かって、新婚《しんこん》生活というものは愛がなくても成りたつものなんだ、などと言ったって、おそらく信じてはもらえまい。

事実、結婚というものは愛を土台にしなければ成立しない人間的な行為《こうい》なのだから、信じてくれというほうが無理かもしれない。

だが、恋愛《れんあい》から結婚にいたるめくるめくようなはなやぎやざわめきが、真実の愛の所在《しょざい》をあいまいなものにしてしまうということも事実なのだ。幻を食《は》み合って、それが男女の愛の生活だと思いこんですごせる季節は、ごく短い。

生活とたたかい、世間とたたかい、そのたたかいの過程《かてい》から、たしかな実感として胸にひびいてくる人間のあたたかみ——それをもし愛とよぶならば、「しずかな夫婦」へのあこがれのなかにこそ、真実の青春がある、と言えないか。

汚れっちまった悲しみに……

汚《よご》れっちまった悲しみに
今日も小雪の降りかかる
汚れっちまった悲しみに
今日も風さへ《え》吹きすぎる

汚れっちまった悲しみは
たとへ《え》ば狐《きつね》の革裘《かわごろも》
汚れっちまった悲しみは
小雪のかかってちぢこまる

汚れっちまった悲しみは
なにのぞむなくねがふ《（う）》なく
汚れっちまった悲しみは
倦怠《けだい》のうちに死を夢む

汚れっちまった悲しみに
いたいたしくも怖気《おじけ》づき
汚れっちまった悲しみに
なすところもなく日は暮れる……

中原 中也（なかはら ちゅうや）一九〇七〜一九三七
「山羊の歌」より。著書「中原中也全集」他

いなかの小学校に勤めていたころの話である。

ある年の四月、U子という女学校を出たばかりの若い女性が、先生になってやってきた。女学校を出ただけだったから、彼女《かのじょ》は正式の教員として遇《ぐう》されず、昔ながらの代用教員という呼称《こしょう》でよばれた。

U子先生は、ダンスと音楽が得意《とくい》な明るい女性だった。村や学校に色濃《いろこ》く残っている因襲《いんしゅう》などなんのその、ハイカラな服をまとって快活に行動した。

そのU子先生が恋《こい》をした。相手はその村の出身で、仙台の国立大学に学ぶN君という学生だった。U子先生は一年だけで学校をやめ、村から消えた。

三年後、わたしは福島市の学校に移ったが、その冬、U子先生の訪問を受ける。霙《みぞれ》の降っている夕方だった。彼女は赤んぼうをおぶっていた。あれから三年しかたっていないのに、彼女はずいぶんふけて見えた。「誰《だれ》の赤んぼう？」などと聞くまでもなく、それがN君の赤んぼうでないことだけは、はっきりわかった。

「おなかがすいてるの」彼女はつぶやくように言った。『どうしてぼくがここに勤めていることがわかったのか』ということも、わたしはたずねなかった。

「ごちそうさま。おいしかった」小さな食堂で夕飯を食べ終わると、彼女は村の学校では見せたことがなかった深いお辞儀《じぎ》をして霙のなかに消えていった。

長い時間

思い出さないで
あの長い時間のこと
きみがわたしにマッチをすり
そのすきまに
きみとわたしの目が合った
思い出さないで
そんなはじめも
きみのタバコが消える前
そのすきまに
きみとわたしの目が残った

思い出さないで
そんなおわりも

きみもタバコをもみ消して
わたしもマッチをふっとふいた
思い出さないで
そんな長い時間のこと
きみがきみで在《あ》ったため
きみはタバコを焼きつくし
わたしがわたしで在ったため
わたしはマッチをもやしきる
だからけっして
思い出すことはないだろう

富岡　多恵子（とみおか　たえこ）一九三五〜
「カリスマのカシの木」より。詩集「富岡多恵子詩集」他

まだ戦争後の貧《まず》しさや混乱《こんらん》が人の心をすさませていた時期だった。町に軽音楽団がやってきた。軽音楽ずきの友人から入場券をもらって、わたしもそれを聞きにいった。小屋にはたえずすきま風がふきこみ、舞台《ぶたい》をてらすライトも暗く、貧しかった。

プログラムが進むうち、わたしの目はトランペットをふく女にくぎづけにされた。彼女《かのじょ》――T子といった――は三年前、わたしがいた特攻基地《とっこうきち》に、慰問《いもん》団《だん》の一人としてやってきた人だった。そのとき、やせた体の全力をこめてふく彼女のトランペットに、わたしはひどく感動したのだった。

公演《こうえん》が終わったあと、わたしはなけなしの財布《さいふ》をはたいて彼女（および楽団のメンバー）に夜食をふるまった。「なつかしい」と何度もくりかえしながら、彼女はおいしそうに味噌汁《みそしる》をすすった。

しばらくたって、彼女から便りがとどいた。「わたし、あなたがすきです」手紙のなかには、そんなことばが書いてあった。へたな字で便箋《びんせん》に四枚。消《けし》印《いん》は盛岡《もりおか》とおされてあった。

雨・梨《なし》の花

走って行けばいいさ。明るいフルーツ・パーラーの中でぼくは待っていることにすればいい。ガラスの壁の向うに雨が降っている。雨傘《あまがさ》の中で女は笑っている。

女は温《あたた》かい胸で……それはほんとうに安らかに広く白い太陽のような胸で、凡庸《ぼんよう》な詩人であるぼくは、梨の花の匂いがすると思った。

だから、行こう。さあ雨が上ったら、一緒に行こう。雲の切れ目に五月の青い空が見えたら、白い梨の花の咲き続く、果樹園のある村へ行って見ようか。

肩に手を置いて、そうだ。ここに温かい女の手のあるように、ぼくの手と重ね合せて、ぼくは雨を見ている。

やがて、ぼくは来た時のように、また雨の中を走って行く。きょうにはきょうがあるように、あすにはあすがあって、梨の花が花盛りで、そこにも雨は降っていて……。

小川　和佑（おがわ　かずすけ）一九三〇～二〇一四
「雨・梨の花」より。詩集「魚服記」評論「立原道造研究」他

ある年の夏、若い人たちといっしょにソビエト連邦※をおとずれ、旅の何日かを、レニングラード※で過ごしたことがあった。レニングラードの夏は日暮《ひぐ》れがおそい。午後の九時ごろまでストロボなしに写真がとれる街であった。

七時ごろ、「フィンランド湾《わん》が見たい」と若い友人が言った。何もすることがなかったので、何人かをさそって市電に乗った。

勤め帰りらしい婦人がたくさん乗っていた。彼女《かのじょ》たちのほとんどは、胸にだくようにして花を持っていた。わたしたちの仲間に快活な青年がいて、かれは辞書を引き引き一人の婦人に近づき、「エーチツビティ　オーチニ　クラッシーボ（この花はたいへん美しい）」と声をかけた。婦人は一瞬《いっしゅん》おどろきの表情をうかべたが、すぐに笑《え》みをうかべて、「スパシーバ（ありがとう）」と、ことばを返した。わたしはその笑顔を見て、花と同じくらい美しい、と思った。

彼女はもっともっと若かったころから、花がすきだったのだろう。恋人《こいびと》の部屋《へや》を花でかざり、「たいへん美しい」と言われると、いまのようにすんだ声で「ありがとう」と言ったにちがいない。七時半、日はまだ暮れてはおらず、電車の左窓に大きな太陽があった。

※ソビエト連邦は現在ロシア、レニングラードは現在サンクトペテルブルク。

帰途《きと》

坂のうえに　家並《いえなみ》のかなたに
わたしの愛するポプラがたっていた
そうして静かにほほえみながら
うすもいろの夕雲と話をしていた
あの木の下に
わたしとわたしの愛する者との巣《す》があるのだ

高橋元吉（たかはし　もときち）一八九三〜一九六五
「遠望」より。詩集「高橋元吉詩集」「耶律」「耽視」他

東北の農民たちが都会に出稼《でかせ》ぎにいって、年に二度か三度しか家に帰らぬという事態《じたい》が、慣習《かんしゅう》のようになってしまったのは、いったいいつごろからのこ

とだろう。

出稼ぎにいった父親を、建設工事現場の事故《じこ》で失った小学生の作文を読んだことがあった。

「……うちのおとうさんは、年の暮《く》れに、お金を持って帰るのが、いちばん楽しみだと言っていました。停車場《ていしゃば》をおり、家までの長い道をてくてく歩いても、家のあかりを見ると、とたんに疲《つか》れがふっとぶとも言っていました。そのおとうさんは、今年の十月、東京でビルの鉄骨《てっこつ》を組む仕事をしているさいちゅう、鉄材《てつざい》に頭をうたれて、死んでしまいました。もう、どれだけ明るく電灯《でんとう》をつけて待っていても、今年は、それを見て、『疲れがふっとぶ』と言ってよろこんでくれるお父さんがいません……」

出稼ぎ農民とその家族たちに、このような不幸な生活を強《し》いたのは、いったい誰《だれ》なのだろう。わたしは悲しみのなかで、そのことを考えつづけていたのだった。

お才

女男《ふたり》居《い》てさへ《（え）》
　筑波《つくば》の山に
霧がかかれば
　寂《さび》しいもの
佐渡の小《お》島《じま》の
　夕浪《ゆうなみ》千《ち》鳥《どり》
弥《や》彦《ひこ》の風の
　寒からむ《（ん）》

越後《えちご》出てから
　常陸《ひたち》まで
泣きに遙々《はるばる》
　来はせねど

お月様さへ
　十三七つ
お父《とと》恋ふ《（う）》るが
　無理かえな

三国峠《みくにとうげ》の
　岨路《そばみち》を
越えて帰るは
　何時《いつ》ぢ《（じ）》ゃやら

やはり妹と
背負縄《しょいなわ》かけて
薪《たきぎ》拾うて
あったもの

お才あれ見よ
越後の国の
雁《かり》が来たにと
だまされて

弥彦山《やひこさん》から
見た筑波根《つくばね》を
今は麓《ふもと》で

泣《こ》かうとは
心細さに
出て山見れば
雲のかからぬ
山は無《な》い

横瀬夜雨（よこせ　やう）一八七八〜一九三四
「二十四宿」より。詩集「夕月」「花守」「夜雨集」他

特別攻撃隊員《とくべつこうげきたいいん》の命令を受けたのが、五月三日。その日はわたしの満二十一歳《さい》の誕生日《たんじょうび》で、周囲を緑でかこまれた川田谷《かわたや》（埼玉県）の飛行場は初夏のにおいでむんむんしていた。二十一歳。これでおれの人生も終わりか、と思うと、まわりの木一本、草一本がみな身近で、親しいものに見えてくるのだった。

五日ほどたって、自分の乗る特攻機《とっこうき》を受け取りに、下館《しもだて》の飛行場へいった。まだ梅雨期《ばいうき》にもなっていないのに、雨が降りつづいて、しばらく下館の町に閉

じこめられた。

「これがお前の棺桶《かんおけ》になるのだから、だいじに取りあつかえよ」と言って飛行機を渡され、二、三日間そこでならし操縦《そうじゅう》をおこなった。

　下館の飛行場から、よく筑波《つくば》が見えた。関東の広い野面《のづら》にたった一つ、じつにいいかっこうでつっ立っているその山は、いつ見てもむらさき色にそまっていた。

「女男居《ふたりい》てざえ／筑波の山に／霧《きり》がかかれば／寂《さび》しいもの」ふたりいてさえ寂しいのに、わたしはひとりだった。わたしは一人乗りの飛行機に乗って、むらさき色にそまった筑波を見おろし、ふと泣《な》くことがあった。

　わたしの故郷《こきょう》にある安達太良山《あだたらやま》も、秋になるとよくむらさき色にそまり、ふもとの町の人の心に安らぎをあたえた。その秋まで、わたしは生きていられないだろう、と思うのだった。

はないちもんめ

かってうれしいはないちもんめ
まけてもともとはないちもんめ
ふるさとすててちまたにすめば
あのこもこひ《（い）》しこのこもこひし
よのひとなべてなつかしやさし
やさしまぎれにひたこひゆきて
いよよはなやぐはないちもんめ

かってしったるはないちもんめ
まければこそのはないちもんめ

ふるさといづ（ず）こわがつまいづこ
ままならぬみのわびすけつばき
あのこのむねにこのこのむねに
つかのまむすぶつゆけきゆめの
はてはいかにかはないちもんめ

矢川澄子（やがわ　すみこ）一九三〇〜二〇〇二
「ことばの国のアリス」より。著書「架空の庭」訳書「クレーン」「暦物語」他

一九四五年八月十五日、敗戦《はいせん》。生き残った。その日の夕方、もう用事のなくなった飛行場に出て、夏草のなかにねころんだ。戦争の音がぱったりととだえたしじまをさいて、蝉《せみ》の声が降っていた。

訣別《けつべつ》——たしかに何かと別れた、という思いがあった。しかし、いったい何と別れたのか、そしてこれから新しい何をむかえるのか、ということになると、わたしにはまだ何もわからなかった。

それから一か月後、衣類と食料をのぞいてあとはいっさい焼《や》きすて、営舎《えいしゃ》と別れる。何をするあても

なく、さればといって故郷《くに》へ帰る気持ちもなかった。同じようなのが三、四人いて、わたしはそんな連中《れんちゅう》といっしょに、村のやしろのほこらをかりて、自炊《じすい》生活をはじめた。

　ときどき東京へ出た。東京はいちめん焼け野原で、いたるところに浮浪児《ふろうじ》がいた。かれらといっしょにヤミの雑炊《ぞうすい》をすすったり、やきいもをかじったりした。「おじさん、何をしてくらしているの？」よくかれらに質問《しつもん》された。「何もしていないよ。いってみれば、まあルンペンかな」と答えると、「いい身分だな。でも、いつまでもゴロゴロしているわけにもいかないだろう。おれたちといっしょに働かないか」と言う。「よかろう」と、二、三日いっしょにいたら、シラミがわいてまいった。にげだそうとするわたしを見て、かれらは、「おじさん、おとなのくせにだらしないな。さっぱりシンがとおってないじゃないか」と批評《ひひょう》した。しかしそのあとは、心やさしさを見せて、「気が向いたら、またおいでよ」と言った。

雪つぶて

かなしい事なんかありゃしない
恋《こい》しいことなんかあるものか
さう《(そ)》思ひ《(い)》ながらもあなたのやさしい返事を待ってゐ《(い)》た
まぶしいやう《(よ)》な雪の朝　路傍《ろぼう》で僕《ぼく》は佇《たたず》んでゐた
僕のうしろを馬車が通った
僕のうしろを人が通った
でも　閉《とざ》されたままの白い二階の窓だった
強烈なものを信じ
自分がいいのだと思ひながら
昨夜までのあたたかいあなたの眼《まな》ざしと声をそのまま

僕はその時も待ってゐた
明るい日はキラキラキラキラかがやいて
するどく風がかすめてすぎた
閉されたままの二階の窓
僕は雪つぶてをつくって　いきなり　どすんと投げつけた
こなごなの窓
僕は逃げた
さう《(そ)》してあなたをあきらめた

小山　正孝（こやま　まさたか）一九一六〜二〇〇二
「雪つぶて」より。詩集「逃げ水」「散ル木ノ葉」「山の奥」他

生母《せいぼ》ムメが死んだとき、その遺品《いひん》のなかに、手箱《てばこ》ふうの白木《しらき》の小箱があった。そのなかには、下の句を書きこんだ百人一首の取《と》り札《ふだ》がはいっていた。字はまぎれもなくムメの手になるものだったが、ではいったいその百枚の木札《きふだ》とそれをおさめる小箱はだれが作ったものなのか、長い間わからなかった。

「じつは」と、叔母《おば》(母の妹)が、戦後になって話してくれた。「あれは、おまえの母親がまだ娘だったころ、実家《じっか》のむかいの大工《だいく》さんに徒弟《とてい》として住みこんでいた国《くに》さんという人が作ったものなんだよ」

国さんは、むかいの桶屋《おけや》のムメという娘がすきだったらしい。しかし、ムメには国さんの胸のうちがわからなかった。もし、わかっていたら百人一首の木札を作ってほしい、などとたのむようなことはしなかったろう。彼女《かのじょ》はかるい気持ちで「ひまなときでいいんだけれども――」と、たのんでしまったのである。国さんはいそがしかったけれども、ひまだから、と言って、ムメが遊びに使う百人一首の札作りにかかり、三、四日後にそれを仕上げた。ムメは、無邪気《むじゃき》によろこび「ありがとう」と言った。ムメの国さんへの返礼《へんれい》はそれだけだった。

二年後、ムメは結婚《けっこん》する。結婚式の夜、一人の青年が失踪《しっそう》した。国さんだった。

浅き春に寄せて

今は　二月　たつたそれだけ
あたりには　もう春がきこえてゐる《い》
だけれども　たつたそれだけ
昔むかしの　約束はもうのこらない

今は　二月　たつた一度だけ
夢のなかに　ささやいて　ひとはゐない
だけれども　たつた一度だけ
その人は　私のために　ほほゑ《え》んだ

さう《(そ)》！　花は　またひらくであらう《(ろ)》
さうして鳥は　かは《(わ)》らずに啼《な》いて
人びとは春のなかに　笑みかは《(わ)》すであらう

今は　二月　雪の面《おも》につづいた
私の　みだれた足跡……それだけ
たったそれだけ――私には……

立原　道造（たちはら　みちぞう）一九一四〜一九三九
「優しき歌」より。著書「立原道造全集」他

少年飛行兵出身のその若い特攻隊員《とっこうたいいん》は、春の到来《とうらい》を思わせる小さな花を持って外出《がいしゅつ》から帰ってきた。冷たい外気《がいき》のなかを、いそぎ足で歩いてきたためであろう、かれの頰《ほお》は赤くほてっていた。

その夜、かれはわたしの部屋《へや》をノックした。「遠藤見習士官《みならいしかん》どのは、特攻で心おきなく死ねますか」かれはいきなりそう言って、わたしの顔を見つめた。かれの思いつめたような目に射《い》られて、わたしは、

とっさには返事ができなかった。

　わたしは、特別攻撃隊《とくべつこうげきたい》というものを、ひとつも名誉《めいよ》ある任務《にんむ》と思っていなかった。この時期に遭遇《そうぐう》した年若いものたちの一部が、不運《ふうん》にも背負《せお》いこまなければならなかった〈死刑《しけい》〉という解釈《かいしゃく》をみずからにくだすことによって、かろうじて〈死〉に向かう日常《にちじょう》の安定を保っていたのだった。

　わたしが何も言えずだまっていると、かれはきっぱり言った。「自分は、死ねます」

　わたしは、夕方、かれがだいじそうに持ってきたあの小さな花は、いったい誰からもらったものなのだろう、と、そんなことを想像していた。

　その夜からしばらくたったある日、かれは九州へ向けて川田谷《かわたや》の飛行場を飛びたった。かれが十八歳《さい》だったということを、わたしはあとで知った。

天の川

少女は天の川を眺《なが》めてもの想《おも》いにひたっているときが
最もしあわせだった
世の中で何が一番大切かと聞かれれば天の川ですと答
えたいのだった
観念の操作《そうさ》としては地球上で太陽よりも天の川の方が
大切だという気持があった
天の川の牽牛《けんぎゅう》 星と織《しょくじょ》 女星のように一年に一度の逢瀬《おうせ》
を美しく耐えることに憧《あこが》れていた
そのような男性と出逢いさえしたら結婚できなくても
いっしょに住めなくてもかまわないと思うのだった

そのようなひとのもとへ少女はハダシのまま馳《か》け出して行って前にひざまずきたいと思った
少女はいまだ自分もまた愛することが出来ると思える男性にめぐりあっていなかったし天の川を見ているとそのむなしさの秘める悲しみも無限大に等しかった
だが少女は本当に恋人ができたら天の川よりも何よりも世の中で一番大切なものはそのひとになるのかもしれないと思ったりした

荻原 恵子（おぎわら　けいこ）一九三三〜
未刊詩編より。詩集「四季の返礼」他

十年ほどまえ、わたしの家のとなりに一組の老夫婦がすんでいた。おじいちゃんは、かつて国立大学で魚類の講義《こうぎ》をしていた博士で、七十歳《さい》をこしてもラジオでドイツ語、フランス語などの講座《こうざ》を聞いている学究《がっきゅう》だった。

「たいへんな亭主関白《ていしゅかんぱく》で困りはてているんでござい

ますよ」と、おばあちゃんの方が、ときどきわたしの家にきて女房《にょうぼう》にぐちをこぼしていた。「いやだと言っても、人間、勉強がかんじん、とわたしに外国語の講義をするんですから――」そんなとき、垣根《かきね》ごしに「おい、おい」とおじいちゃんの声がかかることがある。すると、おばあちゃんは「はい、はい」と言って腰《こし》をあげ、小走りに家へもどる。そのうしろ姿《すがた》は、それまで、ぐちをこぼしていたおばあちゃんとまるでちがって、うれしさにあふれていた。

明治の人なんだなあ、と思った。

おじいちゃんは、いつも和服を着ていて、ふところには、いつも本を入れていた。冬になると、散歩《さんぽ》の帰り道に、よく石焼きいもを買い求め、それをふところのなかにねじこんでもどってくる姿を見かけた。家の敷居《しきい》をまたぐなり、きっと「おいっ。みやげだ」と、おばあちゃんに声をかけるのだろう。すると、おばあちゃんは「はい、はい。これはけっこうなものをありがとうございます」と言って、そのいもをおしいただくのだろう。「おい」「はい」の毎日のくりかえし。そして老夫婦は、ある日、水戸のほうへ引っ越していった。

解説

遠藤豊吉

しばらく前のことになるけれども、読売新聞がかなり長い期間〝手紙が書けない〟という特集記事を連載《れんさい》した。その二回目に「恋人試験《こいびとしけん》」という歌謡曲《かようきょく》がヒットしている、とあって、その歌詞《かし》の一部は「私の一番かわいいとこどこですか／次のうちからひとつにマルつけて……」であり「○×式教育を受けてきた今の若者たちにウケているらしい」と書いてあった。わたしはたいへんおどろき、しかし、しばらくして、ああ、やっぱりそうなんだろうなあ、と冷えていく心のなかで納得《なっとく》したのだった。

考えてみれば、たあいのない歌なのだけれども、恋愛《れんあい》というものを、心をかける相手の総体《そうたい》でとらえず、まず対象をいくつかの細かい部分品にわけ、どこは○、どこは×……。○が多かったら合格、×が多かったから不合格というぐあいに、テストの感覚でとらえたり、解釈《かいしゃく》することのなかったわたしには、やはり奇妙《きみょう》な世界に見えた。

恋愛はゲームではない。また、○とか×で対象を腑分《ふわ》けするような作業でもない。○でもない×でもない、そのはざまのところで、もたもたと苦しみ、その苦しみのはてに対象の総体を巨大な○に転化していく精神の燃焼《ねんしょう》をいうのではないか、と思う気持ちがわたしにはある。精神を燃焼させた結果が、幻影《げんえい》であったにしても、または自分を食いつぶす悪鬼《あっき》であったにしても、人間はそれに自分を賭《か》けつづける。だから、恋愛は、当事者たちに、いま自分は人を愛している、という充実感をもたらすと同時に、その底にいつも、ある種の精神的かげり——いってみれば、おそろしさ、悲しさのようなものをひきずらせているのではないか。

ここまで書いてきて、わたしは、ふと、ああ、おれはいま、恋愛論を書こうとしているんだな、ということに気づき、むなしくなった。もうこれ以上つづきを書くことはやめにしようと思った。むかしから、恋愛について論じた文章はいくつもあった。それらの文章の多くは、たしかに恋愛についての知識や、人を愛することのだいじさ、喜びのようなものを道徳として教えたが、愛そのもの、恋愛そのものの実体を、衝撃力《しょうげきりょく》をもつ世界としてわたしたちに凝視《ぎょうし》させることをしなかった。どうして、わたしにその轍《てつ》を踏《ふ》む必要があろう。

十八編の詩を、もう一度読み返し、そこにえがかれている世界と、あなたがいまあなたの胸のうちにえがいている愛の世界をつきあわせてほしい、と思う。

古い作品もあり、新しい作品もある。いずれも、わたしがこれまで読んで衝撃をうけた作品である。わたしは詩の専門家でないから、選び方に片よりがあり、専門家の側から、いぶかられる点もあるかもしれない。しかし、それでよい、とわたしは思っている。わたしが好きだと思った詩は、だれがなんといおうと、いい詩なのだ。少なくとも、わたしにとってはいい詩なのだ。それでいいではないか。むろん、他にすてがたい作品も多くあったのだけれども、ページ数のつごうで収録できなかった。いまになって、それがくやしい。

それぞれの詩のかたわらに付したわたしの小さな文章は、いわゆる作品の解釈でも解説でもない。十八人の詩人たちは、わたしが詩のかたわらにこんな文章を付したことを、不遜《ふそん》といって怒《おこ》るだろうか。作品を冒瀆《ぼうとく》するものとして憤るだろうか。怒られても、憤りを投げつけられても、わたしはこんな文章をどうしても書きたかったのである。かりそめの「繁栄《はんえい》」のなかで人びとが深く傷ついているいまのような時代だからこそ、どうしても書き残したかったのだ。詩とわたしが出会った、その出会いのあかし——そう思ってゆるしてほしい。

最後になったが、作品の使用をこころよく承諾《しょうだく》してくださった詩人のかたがた、いまはない詩人の遺族《いぞく》のかたがたに深くお礼を申しあげたい。

『天の川』の作者 荻原恵子氏の連絡先不明のため、秋谷豊氏と相談の上、使用させていただきました。荻原氏、または同氏のご家族の方の住所をご存知の方は小峰書店あてご一報くだされば幸甚です。

●編著者略歴

遠藤《えんどう》　豊吉《とよきち》

1924年福島県に生まれる。福島師範学校卒業。1944年いわゆる学徒動員により太平洋戦争に従軍，戦争末期特別攻撃隊員としての生活をおくる。敗戦によって復員。以後教師生活をつづける。新日本文学会会員，日本作文の会会員，雑誌『ひと』編集委員。1997年逝去。

新版 日本の詩・1　あい　NDC911　63p　20cm

2016年11月7日　新版第1刷発行

編著者　遠藤豊吉

発行者　小峰紀雄

発行所　株式会社 小峰書店

〒162-0066 東京都新宿区市谷台町4-15
電話 03-3357-3521(代)
FAX 03-3357-1027
http://www.komineshoten.co.jp/

印　刷　株式会社三秀舎
組　版　株式会社タイプアンドたいぽ
製　本　小高製本工業株式会社

ISBN978-4-338-30701-7

本書は、1977年3月25日に発行された『日本の詩・1　あい』を増補改訂したものです。